KB023891

마당에서

마당에서

박순희 시집

한티재

마당 가득한 꽃을 보면 그것 모두가 시로 널려 있다. 구십을 바라보는 나이에 할 일도 많고 거두지 못하면서 스스로는 행복하다.

시 공부 시작한 지 삼 년째, 유자효 선생님과 훌륭한 친구들 덕분에 여기까지 온 것이 감사할 뿐이다.

지금 나는 내 인생의 숙제를 하고 있다. 숙제 못 한 괴로운 꿈을 꾸는 수십 년. 괴로워하던 그것이 언제부턴가 없어졌다.

내 머리 색깔을 닮아가고 있는 내 딸, 가르쳐도 별 발전이 없는 늙은 제자를 따뜻하게 보살펴 주시는 유자효 선생님, 바쁜 제 생활을 희생하면서 이 할미를 도운 일등공신 김현수, 저 마당의 많은 꽃들과 아름다운 우리 마을 이웃들에게 다시 한번 감사의 인사를 드린다.

2015년 7월
박순희

차
례

제2부

제1부

짝사랑

왜 이렇게 마음이 초조한지
허허로운 마음 채워줄
무엇이 있을 것 같아
허공에 저어보는 손
가꾸던 꽃 이름도 기억하지 못하는 나이
아서라
눈에 보이는 그대로 좋아만 하자
사랑을 가꾸자

숙제

휴― 안도의 한숨을 쉰다
괴로운 꿈에서 깨어난 새벽
모두가 떠나는 교실에서
흰 종이 한 장 들고
절절매던 내 모습
내 인생의 주어진 숙제가
무엇이길래
왜 숙제를 못 한
괴로운 꿈을 꿀까

마당에서 1

등꽃이 지고 난 울타리엔 찔레꽃
봄꽃이 머물다 간 마당엔 장미꽃
초롱꽃엔 통통한 벌
달맞이꽃엔 날씬한 벌
흰나비 얼룩나비도 바쁘다
잔디밭에 잡초도 꽃을 피우는데
나는 할 일이 없다

어디서 날아왔는지 길섶에 자리하고 있는
애기똥풀 양귀비꽃
불청객이지만 아름답다
이 고운 마당
저기 비어 있는 의자에
떠나신 당신을 앉혀 본다
여전히 웃고 계시는 당신

한가한 낮

한낮
방바닥의 머리카락 사냥을 시작한다
머리카락 두어 개 주웠다
이번에는 제법 큰 먼지 하나
손가락으로 잡으려는 순간
풀썩 날아가 버렸다
아뿔사 모기였구나
파리채를 잡고 방 전체를 수색하는데
까만 물체 하나
정확하게 조준해서 탁 때렸다
이번에는 성공이다
까만 수박씨 하나

문화원 가는 길

먹고 웃고 떠든 동창회는 두 시에 끝나고
세 시에 호텔을 나와 택시를 탔다
"을지로 입구로 가 주세요."
세운상가를 지날 때
"세운상가가 그대로 있네요." 했더니
그때부터 기사 양반 말이 많아졌다
대형상가가 생기면서 세운상가가 죽었다면서
나라의 경제 문제까지 이어진다
"기사 양반 고향이 어디세요?"
"부산입니다."
내 고향은 대구
지역감정 아닌 향수 같은 것
친밀감이 가는 것은 어쩔 수 없다
목적지가 가까워지자
"여기는 왜 가시는데요?"
"문화원에 공부하러 가요."
"연세가 얼마신데요?"
"여든셋이요."

"일흔 남짓밖에 안 보이시는데요."
택시비 사천삼백 원
호기롭게 오천 원을 내어주고
십 년 젊어진 할마씨
발걸음이 가볍다

야를 우야노 1

설악은 구름과 안개가 뒤덮어 버렸다
금강산 일만이천 봉에 끼기 위해 달려가다
울산의 바위가 머물고 있다는 곳이
숙소 맞은편인데
이틀 동안 한 번도 보지 못했다

비는 굵어졌다 가늘어졌다를 반복하고
끝내 귀갓길에 오른 우리는
한계령을 넘었다
칠백고지쯤에 귀암절벽이 샹그릴라처럼
구름바다 위에 나타났다

차가 구비돌 때마다 카메라의 셔터를 누르던 딸아이
정상 가까이서 갑자기 비가 쏟아지자
"엄마, 야를 우야노!"
장대비 내리는 한계령 찻집에서
가을에 다시 오기를 약속하고
야들과 이별을 한다

야를 우야노 2

한계령 찻집을 향해
우리는 가고 있었다
계곡을 돌아갈 때마다
숨겨진 보물이라도 찾은 듯
단풍에 탄성을 지르며
정상에 이르자 찻집이 보이기도 전에
언제 왔는지 빈틈없이 늘어선 차들
큰딸은 "엄마, 야를 우야노!"
뒤에서 오는 차들에 밀려 산을 내려갔다

"저 산은 내게 내려가라 내려가라 하네.
지친 내 어깨를 떠미네."*

* 하덕규 작사·작곡 〈한계령〉 노랫말 중에서.

동그라미

어느 날 백화점 다녀온 남편
밍크 롱코트가 값도 싸고 아주 멋있으니
사주겠다고 같이 가잔다

밍크코트 달랑 하나 입고 뭐 하자는 것이냐고
상대를 하지 않으니까
시무룩하더니 그냥 넘어갔다

이튿날 미련이 있던 그가
백화점 다시 갔다 와 하는 말
"내가 어제는 동그라미 하나 잘못 봤어."

백일홍

장맛비가 와야 여름이 오고 여름이 간다
꽃의 여왕 장미도 퇴색해 겨우 명맥만 유지하고
채송화 줄기는 흙옷을 잔뜩 입고 있다

잔디밭이 빨갛다
고개를 드니 백일홍 나무가
무거운 가지를 늘어뜨리고 있다

백 일을 피어야 백일홍인데
제일 곱게 핀 시기에 장마가 심술을 부린다
백일홍 나무는 고목이 되었고 심은 이는 갔다

여보, 내년 봄에는 당신 묘소 곁에도
백일홍 한 그루 심어 줄게요

마을버스

손자는 우리 집을 시골이라고 한다
가까운 곳에 병원은커녕 약국도 없다
목이 아파 수유역에 있는
이비인후과를 다녀왔다
돌아오는 마을버스는 뒷좌석까지 꽉 찼다
나이가 들어 보이는 아저씨 옆에 섰다
중간쯤에서 그 아저씨가 벨을 누른다
아 잘됐다! 앉을 수 있는 행운의 순간
점잖은 아저씨 정류장에 도착해서야
천천히 일어나자
내 옆에 서 있던 중년의 남자 잽싸게 먼저 앉아버린다
그래, 아직 내가 젊어 보이나 보다 하며 자위하고 있는데
중년의 그 남자 세 정거장 지나자 일어서 나간다
애개개, 겨우 고까짓것 앉아 오려고
하며 나도 그 자리에 앉았다

배신

그녀의 몸이 그녀를 배신했다
체중이 많이 나가 무릎이 아픈 것 외에는
밝고 건강했는데
오뚝한 코 양쪽 눈은 항상 실눈이었는데

갑작스런 암 선고
병상에 누운 그녀의 체중은
소원 이상으로 줄었는데
왜 일어나지도 못하나

착한 아들딸들의 마음속 통곡
심한 고통 없이 갈 수 있기를
간절히 빌어보는 이 새벽

선풍기

백 세에 처녀 시집을 낸
시바다 도요의 「선풍기」를 읽다가
나도 비슷한 경험이 생각났다
우리 집에도 오래된 선풍기 한 대를
남편이 한나절이나 걸려 고쳤다는 게
고개가 삐딱하게 돌아가고 있었다
옆에서 지켜보던 개구쟁이 손자 놈에게
"이거 손대면 안 된다."
고개를 끄떡이던 놈
할아버지 일어나서 나가자마자
아무래도 못 참겠던지
선풍기 목을 바로 세우고 말았다
고개까지 비틀어 일을 시키려던 할아버지보다
바로 세워 생을 마치게 한
손자 놈이 자비로웠다

이 글을 들여다보던 대학원생 손자
"그때 그놈이 누군데?" 하고 시치미를 뗀다

가을맞이

고추잠자리와 호랑나비가
마당을 누비면
가을이 온다는 신호
등나무 줄기가
백일홍 나무 끝까지 올라가도
가꾸지 못했던 더운 날씨에
우거진 잔디밭은 보리밭처럼 되었다
빨강 노랑 분홍 하양
채송화만 한창
비행 구름 꼬리 쫓아
옛날로 돌아가 볼까

된장찌개

"따르릉."
"여보세요."
"할머니, 혜진이에요. 저녁밥 드셨어요?"
"아니, 지금 먹어볼까 한다."
"그럼, 지금 할머니께 저녁 먹으러 갈까요?
주서방 회사 오늘도 늦는대요."
팔 년을 데리고 있었던 외손녀
식성은 누구보다 잘 안다
신접 살림 저들 집은 김포 가는 쪽인데
정반대 수유리 외가까지 저녁 먹으러 온단다

자기 냄비에 물 가득 멸치 한 움큼
국물 내는 동안
감자 호박 양파 대파 풋고추 고춧가루 마늘 된장 준비
완료
고기 좋아하지 않는 아이
어제 담근 물김치 배추겉절이
들러리 반찬 몇 가지

옛날 내 당고모님 댁은 고을이 아는 부자셨다
모든 식사 준비를 찬모들이 했으나
큰 화로 잿불에 보글보글 끓는 된장찌개만은
고모님이나 언니가 직접 챙기셨다

"할머니 된장찌개가 최고!"
일곱 시쯤 도착한 외손녀가 박수를 친다

4·19 민주공원의 아침

"여러분 몇 살이지요?"
"다섯 살."
"맞았어요. 여기는 다섯 살 이상은 못 오는 곳이에요."
아침 여섯 시는 어둡고 쌀쌀하다
육십 칠십 팔십대가 다섯 살 아이가 되어
선생님 구호에 맞추어 국학기공 체조를 한다
일곱 시 운동이 끝날 무렵이면
진달래 능선 뒤로 파아란 하늘 아래
그림같이 고운 삼각산 인수봉
영령들 무덤 앞을 지나며
건강히 잘 지낸다고 고개 숙이고
단풍이 시작한 연못가 벤치에 앉으면
일찍 잠이 깬 수련
인사를 한다

추석

나무 위에 사과는 빨갛게 살찌고
추석 음식 장만하느라 어머니는
밤 새우고도 고단한 줄 모르시던 시절

빨간 원피스에 새 구두 신고
고삐 풀린 망아지마냥
시골 마을 뛰어다니던 단발머리
어른 몰래 사과 따다 동네 아이들에게 나누어주면
빙그레 웃으면서 아버지 하시던 말씀
"우리 종아*는 장가나 보내야지."

아들 식구들 제사 모시고 간 후
막내딸 내외 와서 자 주고 가고
오늘 밤은 외손자가 저 방에서 자고 있는데
그리움은 강물 되어 흐르는 밤

* 종아는 나의 아명이다.

부모의 마음

막내딸이 이사를 하며
소용이 없다며 에어컨을 보내 왔다
설치해 주러 온 기사
"할머니, 어떻게 해드릴까요?"
"내 부모 일이라 생각하고 알아서 잘해 주세요."
두어 시간 넘게 걸려 깔끔하게 끝냈다
전기세 아까워 별로 사용할 것 같지는 않다
"기사 양반, 우리 앞집 식당 음식이 맛있는데 저녁 먹
고 가요."
"너무 늦어 마음만 고맙게 받고 가겠습니다."
"아무래도 저녁은 먹어야 할 테니 먹고 가요."
정말 맛있게 잘 먹었다면서
커피잔 들고 식당에서 나오는
얼굴 불그레한 두 기사
오늘 아들 노릇 해 주었으니
밥을 먹인 나도 즐겁답니다

동해

어디선가 들려오는 소음
잠이 깼다
거실로 나오니
손녀가 베란다 문을 열어 놓고
수평선에서 막 솟아오르는 해를
카메라에 담고 있었다
소리는 문 쪽에서 쏟아지듯 들어왔다
콘도 바로 밑까지 당겨다 놓은 동해가
우렁찬 오케스트라를 연주하고 있었다
그것은 음악이었다

마당의 가을

가을 끝자락에는 봄꽃들이 몇 송이씩
반드시 핀다
초롱꽃은 피었고
달맞이꽃은 피어 있는 두 송이가 마지막인가 보다
국화꽃에 쓰르라미 한 마리
더듬이와 다리를 쭉 뻗고 죽은 듯이 엎드려 있다
그래도 벌은 분주히 드나든다
장미는 여왕답게 겨울이 올 때까지 마당을 지킨다.
잎이 성글어진 나무들을 바라보다
하늘을 올려다본다
흘러내릴 눈물도 없으면서

그림자가 둘

4·19 공원에
새벽 운동을 가면
대동천 둑에서 그림자가 둘이 된다

큰길가 가로등
길게 앞서 가는 그림자 옆에
또 하나의 그림자가
담벼락을 따라 같이 간다

그림자가 둘
"여보, 나 외롭지 않네요."

1주기

벽, 책상, 경대 위 당신 사진들과
일 년을 외롭지 않게 살았습니다
중환자실 사십 일간
당신은 말이 없었잖아요
겨우 두 마디
괜찮다 괜찮다

삼남매 키우면서 힘들 때도 있었지만
여한 없이 산 육십여 년
고마웠어요, 행복했어요
아이들은 이제 당신을 보내드리래요
당신이 떠나지 않고 있었던 것 아닌가요?
먼저 가 계세요, 내가 갈 때까지

시인의 마을 송년회

눈이 내린 후 갑자기 추위가 몰아쳐
우리 마을 경사진 골목
택시를 불러도 오지 않는 공포의 길이 되었다
앞집 새댁의 부축을 받아
겨우 버스 정류장까진 왔다
마을버스에 오르자 기사 양반이 대뜸
"할머니, 오늘 같은 날 집에 계시지
무엇하러 나오셨어요?"
"미안합니다. 죄송합니다."
그리곤 소리 내지 않고 말했다
'이 양반아, 나 이래 봬도
상당히 중요한 모임에 가는 중이라오.'

제2부

사돈 남 말

큰딸의 시어머니가 배가 몹시 아파 입원
내시경 초음파 CT촬영
결과는 이상 무
식사량이 적어 장이 좁아졌다고 한다
"입맛이 없어도 많이 잡수셔야 하는데"라고 걱정했더니
전화 받던 딸
"엄마, 김 서방이 사돈 남 말 하신다고 하네요."

새해

새해 첫날 아침
손자와 목욕탕 가는 길
바람이 불어 눈마저 날린다
택시를 잡아 타자 기사가 하는 말
"주머니 속에 해를 담아 오셨나요?"
어리둥절하는 나에게
"북한산 해맞이 다녀오시는 길 아녜요?"
"아니오, 우린 새해맞이 목욕하러 가는 길입니다."
차안이 갑자기 환해졌다
"안녕히 다녀가세요. 건강하세요."
"올해 돈 많이 벌고 행복하세요."

새벽

마당 눈 위
어제 다녀간
손자의 무수한 발자국
적막하던 집안이
아연 활기가 차다

밤사이 걸어와
북한산 마루에 걸린 달
우리 집 앞 가로등과
작별 인사를 하고 있다

제사

제사 음식 고이 든 며늘아이
"어머니, 유과는 어떻게 담지요?"
"비닐째 담으렴.
너의 아버님 직접 까 잡수시라고 해."
귤 하나도 까서 바치지 않으면
못 먹던 사람
갈비찜도 젓가락 들고
발라 주기를 기다리던 사람

가을 하늘

명필의 붓자락이 멋을 부린 듯한 구름은
서서히 남쪽으로 흘러가고
동네 뒷숲엔 까악까악 까마귀들
까치는 높이 날아서
맑은 하늘에 신이 났다
내가 저 하늘에 띄운 꿈들
그 조각이라도 하나 물어와 주길

여든네 번째의 봄

밤사이 얼마나 더 부풀었을까?
마당의 매화나무와 개나리의 꽃망울
눈 녹자 돋아나온 이끼와 돗나물
산비둘기 새벽부터 입춘을 알리고
방안엔 영산홍 한 송이
지난봄에 본 그 꽃인데
나도 심호흡 한 번 크게 하는
여든네 번째의 봄

집 없는 달팽이

겨울밤 마루에 나오다
발바닥 뭉클
기겁하고 불을 켠다
벌거벗고 기어 다니는
보기 민망한 달팽이

우리가 친숙한 달팽이는 집이 있다
그리고 예쁘다
그러나 평생 집을 업고 다닌다

너는 업고 다녀야 할 집은 없구나
집 없는 노숙자
쓰레받기로 쓸어 담아
화분에 넣어준다

첫 비상

바위 틈에 피어 있는 노란 수선화 앞
연한 갈색에 까만 반점
날갯짓 연습하는 작은 나비 한 마리
이리 기우뚱 저리 기우뚱
여린 날개 평행 잡기 어렵다
수선화가 보고 있다
키 큰 매발톱꽃도 내려다보고 응원한다
나비가 날아올랐다
태어난 마당
모두의 축복을 받으면서
벌은 수줍은 듯 매발톱 속에 숨고
같이 날아주는 흰나비

아침체조

아침 여섯 시 수유리 4·19 공원은 춥다
하나 둘 모여드는 단학기공 체조 동호인
"단기 사천삼백사십칠 년."
선생님 날짜를 잊었나 보다
나의 연상 작용으로
"아, 어제는 21회 경북여고 동창회니까
오늘은 22일, 체조를 시작하겠습니다."

갑자기 꿩이 소리를 지른다
제 짝을 찾나 보다
꿩 소리는 저쪽 능선으로 멀어졌으나
몸 튼튼 마음 튼튼
우리는 즐겁다

부끄럽다

군이 적을 물리치고 있으니
국민은 동요하지 말라는 방송을 하고
나라의 수장은 수도를 떠났다
예고 없이 폭파한 한강 다리
피난민은 물속으로 쏟아지고

배가 기울어 가라앉는데도
가만히 그 자리에 있으라는 방송만 믿고
물속에 갇혀버린 우리 아이들
억장이 무너진 그날 이후
처음에는 살아 있어 주기를
이제는 주검이라도 찾기를
빌고 또 빌었다
자식 잃은 부모를 생각하며 가슴 아파하다
우리 모두 우울증에 걸려버렸다
이 나라의 국민인 것이 부끄럽다

마당에서 2

등꽃이 지기 전에 찔레꽃 피고
달맞이꽃 초롱꽃 매발톱 금낭화
애기똥풀 흑장미 넝쿨장미
물망초는 저를 잊지 말라 하고

여보
가우디가 설계한 건축물에
가우디 얼굴이 있듯이
이 마당도 설계한 당신 얼굴이 있어
오늘 아침 뻐꾸기 소리

교통사고

서 있던 택시가 갑자기 달려와 내 발 위에 올라 앉았다
순간 아이들 얼굴이 스쳐가고 머릿속이 하얘졌다
차바퀴를 빼니 눌렸던 발가락이 신기하게도 움직였다
하느님 부처님 조상님 모두에게 감사했다
병원 가는 동안 기사는 연신 변명을 한다
손님이 없나 길 건너편을 살피다 앞에 있는 나를 보지
못했단다
원래 직업은 목수
예순 살에 다리를 다쳐
택시 기사를 한 지 오 개월째
엑스레이상 뼈 이상 무
자동차 무게를 이긴 새카맣게 멍이 든 내 발이
그렇게 자랑스러울 수가 없다
뒤통수에 생긴 탁구공도 훈장쯤으로 생각되었다

흉터

태평양전쟁 막바지
일본은 B29로 초토화되고
식민지 학생이었던 우리는 매일 일터로 동원되었다
그날 우리 반은
대구육군병원 방공호 파기
손에 쥐어진 연장은 무게가 엄청난 곡괭이
시작한 지 얼마 되지 않아
내 발등에 꽂힌 옆 친구의 곡괭이
구멍 난 운동화 속에 허옇게 드러난 뼈
통증도 없었다
병원장까지 뛰어나와 야단법석이었지만
빨간 물약과 연고뿐
연락 받고 달려오신 아버지
휴학계를 내고 하숙에서 집으로 데려갔다
시골 한의의 치료를 받은 지 반년 만에 나았고
8·15 해방을 맞았다
곡괭이 무게 못 이겨 내 발등을 찍은 친구는
재벌의 안주인이 되었고

70년이 지난 지금도 남아 있는

흉터

보석

시어머니 오르간 반주
시아버지 우렁찬 노래
개선장군처럼 미소 짓고 있는 신랑
눈물 나게 아름다운 보석 같은 외손녀
박수 소리 끝나고 보니
남이 가지고 가 버렸다
딸 셋 잘 키워 마지막 하나마저 보낸
신부의 아버지
그날 밤 울고

너무 예뻐서 더 아까웠다고

산소

산소에 풀이 많이 자라 있겠다고
걱정하던 아이들
풀 뽑고 제초제 뿌리고
좋아들 하고 있다
"할아버지 이발해 드렸으니 시원하시겠어요."
그래
산소는 눈물 흘리는 곳이 아니라
즐기다 가는 곳이기를
나 여기 묻힌 뒤에도

증손

외손녀가 입덧을 한다기에
일주일쯤 데려 있어 보기로 했다
제 엄마 가졌을 때 열 달 내내 입덧을 했고
출산 후 폐결핵에 걸려 고생해서 겁이 났다

엊저녁에는 국수와 볶음밥 두 가지 다 잘 먹고
과일 한 쪽과 요구르트로 입가심까지
아— 잘 데려왔구나 안도의 숨을 쉬고
한숨 자고 보니 새벽 두 시
그때까지 TV 소리 낮추어
외국영화 보고 있다
소파에서 잠깐 잠이 들었다가 다시 방에 들어와 보니
바닥에 코를 박고 주무신다
화면에는 잘생긴 외국 남자들
바로 눕혀 놓고
혹시 장래 영화감독이나 피디 할 증손자 한 놈 나올는지
단잠 설친 새벽 꿈

고맙다 경보기

신문을 보며 여유로운 한때
부엌에서 삐—삐— 다급한 소리
불 위에 무엇을 올려 두었나?
사방 문이 열렸는데도 매캐한 냄새
아차! 그만 버렸어야 할 보이차 찌꺼기를
재탕 한 번 더 해 먹겠다고
가스 불에 올려 놓았었구나
어느새 냄비가 새까맣다
냄비를 부엌 밖으로 들어내니
경보기가 멈춘다
저 냄비를 어이 할꼬
태운 것도 한두 번이라야지

명당

잔디밭에 쥐 한 마리 죽어 있었다
가끔 하수구 소쿠리를 빼 놓던 쥐
이웃집 고양이가 잡아서 놀다 죽인 것 같다
구기자 나무 아래 무덤 하나 만들었다
왼쪽 빨간 백일홍
오른쪽 노란 원추리꽃
좌청룡 우백호는 아니지만
쥐 무덤으로선 명당

워터와 워러

가족들 여행지 숙소 로비
플랜카드에 영어가 쓰여 있다
뜻도 모르면서 떠듬떠듬 읽었더니, 손녀들
"할머니가 영어를 읽으시네."
약간 우쭐해진 기분에
"할머니는 영국식 발음을 배웠단다."
하는 내 말 끝나기도 전에, 막내딸
"엄마가 무슨 영국식 발음이야? 일본식 발음이지!"
아니야, 워터와 워러 구분도 해

제3부

똥뫼뚱

우리나라 역사상 가장 작은 부족 나라 이서(伊西)국
경상북도 청도군 이서면 보리뫼
동네 북동쪽 냇가에 오뚝한 바위 언덕 똥뫼뚱
마을과 이어진 서쪽은 대나무 숲
빨간 황토 마당에 땅을 짚고 엎드려 있던 초가 한 채
그곳이 내가 태어나 세 살 때 떠나온 유년의 고향
내 키만큼 작은 대추나무들
돌 사이를 뒤뚱뒤뚱 걷다 넘어지면 기어 다니던 그곳엔
내 아버지와 어머니는 안 계시고
긴 담뱃대 물고 계신 할머니와 대추나무 그리고 나
오래된 동화책의 그림 같은 똥뫼뚱

물소리와 함께

청도 똥뫼똥은 내가 태어난 곳
들릴 듯 말 듯 아득한 개천 소리
마산 무학산은 삼남매 키운 제2의 고향
사랑과 의욕 가득 찬 시절
산자락 메운 자두와 복숭아밭
그 아래 흐르는 개울 물소리
북한산 베개 삼아 산 지 사십여 년
이제는 이곳에 찾아와 흐르는 계곡 물소리

그해 여름

더운 여름날

이차대전 막바지 일본은 패색이 짙어가고 있었다

담임 사또기에는 오까모도 농장으로 우리를 끌고 가며

"더울 때는 춥다고 생각하라! 추울 때는 덥다고 생각
하라!"

그러나 아무리 생각해도 춥진 않았다

"노래 불러!"

"이겼다 일본. 당연코 이겼다. 미·영 지금이 격멸할 때다."

전쟁 초기 일본이 신나게 부르던 노래

길 가던 사람 모두 쳐다본다

중지시킬 수 없어 당황해 하던 모습

힘없던 우리의 유일한 저항이었다

전화번호를 지우며

숙향아
어느 날 네가 말했지
영감과 싸운 날
"죽어 저승에서 만나면 모른 체하겠다"고
그날 저녁 전철역에서
우연히 만난 영감 너무 반가워 뛰어갔다더니
이제 영감과 즐겁게 지내겠구나

031-000-XXXX
걸 수 없는 번호
눈물로 지새우는 새벽
숙향아

꿈

젊은 날 누가 내 꿈을 물으면
현모양처
뒤돌아보면 현모도 양처도 제대로 한 것이 없다
인생의 끝자락에 가당찮은 꿈 하나
시인
사방을 둘러본다
누가 웃지 않나

평화

의자 끌어다 등나무 아래 앉았다
아침저녁 가꾼 보람 있어 제법 예쁘다
나비와 벌 잠자리 서로 부딪히는 일 없이 날아다니고
사람도 필요한 만큼만 가지고
군림하려고 하지 않는다면……
생각하고 있는데
어느새 나를 공격하는 모기
짜증 나는 가려움
평화를 위해 참자
제법 시원해진 늦여름날의 오후

계단

수유 전철역 1번 출구 계단
나이든 부부 싸우고 있다
대구 딸네에서 받아온 사과 상자
남편은 혼자 들고 가겠다 하고
마누라는 무거우니 같이 들자 하고
보고 있던 한 학생
번쩍 들어 계단 위에 가져다 두고 가버렸다

다투던 이 없는 지금도
그 계단 밑에 서면
흐르는
잔잔한 물결

매미 소리

새는 노래를 한다고 하고
귀뚜라미 쓰르라미 가을벌레들은 운다고 한다
마당 한구석에 매미가 벗어 둔 허물을 보았다
한쪽 날개가 부실한 것 외에는 투명한 형태가 고왔다
칠 년의 세월을 땅속에서 지내고
지상에서의 짧은 생
지난밤 꿈에서 매미 우는 소리를 들었다

뒤집힌 양말

빨래를 개는데 손자 양말 한 켤레가 짝짝이다
자세히 보니 한 짝이 뒤집혀 있다
한 켤레는 두 짝 다 뒤집혀 있다
내가 여태껏 빨래한 양말이 얼마나 될까
딸들 시집 보낸 뒤
며느리 직장 수발 5년 외손녀 수발 8년

양말은 벗을 때 홀딱 잘 뒤집는다
귀찮지만 바로 해서 서랍에 넣어준다
그러나 며느리 양말은 뒤집은 채 넣었구나
마음씨 고운 시어머니들은
며느리가 딸과 같다고들 하는데

해안도로

제주공항에서 한참 달리다
애월읍 다음 버스 정류장
돌담에 둘러싸인 양파밭을 지나 나타난 해변
몇 채 되지 않는 민가와 소박한 별장들
바닷가엔 사람 키보다 큰 선인장 숲
물속 검은 바위 밑엔 손만 넣으면 잡히는 미역

별장도 선인장도 없어진 이곳
남편이 찍은, 하얀 파도를 등진 나는 젊다
파도는 여전히 높고
시원하게 뚫린 해안도로에 차를 세우고
물너울 맞으며 사진 찍고 있는
아이들은 마냥 즐겁고

이불

며느리가 해온 예단 이불
연두색에 붉은 깃 새하얀 호청
세월이 지나니 해지기 시작했다

"여보, 내 이불이 다되었어."
대답이 없다
다음날 "내 이불 다 해졌어."
못 들은 척했다
화가 나, "내 이불 다됐다는데 왜 아무 말도 안 해요?"
"그럼 천 사다 바꾸면 되지, 지금 골목에 나가
우리 할마이 이불 다 해졌다고 소리라도 지를까?"
이런 사람과 무슨 말을 하랴

샛노란 거죽에 자주색 깃으로
새 이불 꾸미니 미안했든지
"이불 곱네" 하던 영감
오늘 밤도 그때 생각에 쓴웃음 짓는다

떡과 까마귀

동네 떡집 앞 은행나무에
까마귀 소리가 시끄럽다
떡집 주인의 말씀
떡판 앞에 손님이 많아 떡이 가려지면
저렇게 야단이라구
하루에 떡 여남은 개씩은 물고 간다구
떡집 주인 싱글벙글
아까워하지 않네

짝사랑

비자림 우거진 가지 사이 눈부신 햇살
산굼부리 억새밭 바람 소리
애월 바닷가 물보라
어디서나 만날 것 같은 너
멋지게 껴안고 싶은데
한라산 한 바퀴 다 돌아 찾았는데
나 잡아봐라 숨어버리는 너
애타게 숨어버리는 너
내 사랑

입춘

현관문에 끼어 있는 사마귀를 꺼내 주었다
명주실같이 가녀린 다리는 모두 무사했다
담장 위 나뭇가지에
연초록 새순이 돋아 나와 있고
어제 저녁 축담엔 무당벌레 한 마리가
기어 다니고 있었다
다음 주부터 날씨는 영하로 내려간다는데
너희들은 어쩔 셈이냐?
입춘쯤에 피는 영산홍 한 송이
멍하니 나를 쳐다보고 있다
시는 숨어서 나오질 않고

까치밥

올해도 아랫집 감나무에 다섯 개
건너편 집에도 예닐곱 개
다리목 아틀리에 앞에는
대충 세어봐도 백 개가 넘는다
이때가 되면 까치가 판을 쳤었는데
언제부터인가 이 마을에 까치가 보이지 않는다
까마귀 몇 마리 이사 온 후부터인가?
까치 없는 마을에 외로운 까치밥

자나?

잠시 누워 텔레비전을 보다
어느 사이 잠이 든다
그때 당신은 잠든 사람 흔들며
자나? 자나?
짜증 나 돌아누우면
그제야 이불 덮어 주던 사람
이젠 내가 당신 자냐고 묻고 싶은데
지금은 왜 쳐다만 보고 있나요

무임승차

금요일 오후 4·19 민주묘지 삼거리
151번 버스를 탄다.
차에 오르면서 기사에게
"안녕하세요."
카드를 단말기에 대는데
"잔액이 부족합니다."
기사가 "현금을 내십시오."
지갑을 꺼내는데 잔돈이 없다.
"이것 좀 바꿀 수 없나요?"
고개를 젓던 기사 내 표정을 보더니
"오늘은 그냥 가시고 다음은 꼭 내십시오."
주변에 돈을 바꾸어보려 했으나
모두 고개를 젓고
한 시간이나 타고 온 버스 내릴 때
운전석에 가서 고맙다고 인사를 했다
기사는 웃으며 안녕히 가라 한다
어떻게 공짜로 타고 온 빚을 갚나

서울 무지개

제 아버지 산소에 다녀온 길이라며
잠깐 들른 막내딸 내외
"엄마 밖에 나와 봐. 동쪽 하늘에 무지개가 고와.
아버지가 우리에게 보내신 것 같아."
나가 보니
도봉산에서 수락산 당고개까지
무지개가 걸쳐 있다
허전한 가슴 설레게 하고
행복한 꿈을 꾸게도 하고
무지개 일곱 빛깔
그것이 내 것이란 생각은 못 했다
딸아이는 우리 무지개라고 들떠 있다
2014년 12월 1일 신문
서울 전체를 포물선으로 덮고 있는
무지개 사진이 실렸다
이름 하여 서울 무지개
가슴 한구석 비어 있는 사람들
그들 모두의 무지개였다

우리 마을

"북한산과 대동천 국립 4·19 민주묘지와 접해 있어 산
과 물을 함께 누릴 수 있는 빼어난 자연 경관과 쾌적한 주
거지역으로 보존가치가 매우 높은 마을이라 할 수 있음."*

우리 마을 이름은 진달래
차 두 대 비켜 가기 힘든 좁은 골목길
골목길 끝나는 곳은 북한산 둘레길
집 뒤는 약수터
앞집 식당 이름은 샘터마루
한 집 건너 윗집은 산마루쉼터
계곡엔 송사리와 가재가 숨어 있고
봄이면 해오라기 청둥오리 날아오는 곳
걸어오기 숨이 차는 산마루에서
목이 쉰 산비둘기의 노래를 듣고

* 진달래마을 현관 글.

13월

새벽 네 시
대문 앞 신문 줍는 손끝이 서늘하다
고개를 젖혀 본다
두들기면 캉캉 소리라도 날 것 같은 하늘
샛별도 깜빡임이 없다
잔뜩 겁을 주고 요란스러웠던
지금은 13월
"겨울이 오면 봄 또한 멀지 않다"고 했느니
이 겨울도 곧 떠날 것이다

자랑

친구의 손녀
서울대 경제학과 수석 졸업에
로스쿨 입학
축하 전화하고 몹시 부러웠다
나는 서울대는 한 놈도 못 보내 봤는데
거기에다가 수석 졸업이라니
이튿날 손녀 혜진이가
카이스트 졸업식에서
과 수석 상을 받았다
제일 기뻐할 할아버지 영전에 보고했다
동영상으로 졸업식을 보고
손녀 춤 구경도 했다
친구에게 전화를 걸어 자랑했다
우리도 수석이라고

제4부

달력

내 나이 85세
생을 마감하는 가장 좋은 나이로
생각했던 숫자의 해
안방 건넌방 마루 부엌
달랑 한 장씩 남은 달력을 걷어 내고
2015년 새 달력을 단다
떼어 낸 달력 뒷면에
시를 쓰고 있는 나!

꿀꿀이죽

멸치 다시마 무로 우려낸 육수에 김치를 넣고
볶음밥 먹다 남은 것 넣고 버리려던 잡채 넣고
토마토 한 개도 썰어 넣었다
식탁 위에 뒹구는 바싹 말라 있는 빵 한 쪽까지 넣었
더니
찌개도 국밥도 아니다
오! 기막힌 이 맛
이렇게 묘한 맛을 낼 줄이야
오랜 감기 끝에 얻은 모처럼의 만복
손녀는 이것은 보기만 해도
"미치겠다"며 달아나겠지

통증

이른 새벽 잠이 깨기 전 가슴이 아프다
일어나면 아픔이 등으로 옮겨 간다
효자손으로 두들겨 보나 시원치 않다
심장 수술 후 십여 년을 한결같이 내 등을 두들겨 주던
사람
어쩌다 사양하면
"나도 당신 덕에 팔이 굵어졌어" 하고 웃던 사람
그 손길 그리워
심장이 어리광을 부리나 보다

아버지

근로봉사에 동원됐다가 발을 다친 나는 고향집에 가
있었다
대문이 활짝 열리며 아버지께서 덩실덩실 춤을 추며
"해방이다! 해방이다! 우리나라가 해방되었다!"
소리치며 들어오셨다
그 기쁨이 안겨준 아버지의 길은 험난했다
해방된 조국은 허리가 잘려 두 동강이 되고
아버지는 사위에게 말씀하셨다
"말 잘하는 자네가
통일되는 광장에서 축하 연설을 하면
나는 자네가 마실 물을 떠다 주마."
그 사위도 통일은 보지 못하고 갔습니다, 아버지

증손녀에게

시원스레 넓은 이마
흑요석같이 새까만 눈동자
오똑한 코
쫑긋하게 다문 입

오느라 수고했다
내가 네 엄마의 엄마의 엄마다
그저 행복하게
우리 모두 바보처럼 웃고 있다
고맙구나

양말

길거리 노점에서
양말 세 켤레를 이천 원에 사온 친구
친구 둘에게 한 켤레씩 나누어 주고
칠백 원도 안 된다고 좋아했다
본인이 가진 한 켤레
결국 이천 원
친구 둘은 이천 원짜리 양말
받았다고 좋아하고

효도

막내딸로부터 전화가 왔다
"엄마 입맛 없다며, 우리 맛있는 것 먹자."
"어디서 만날까?"
"현대서 만나자."
이즈미인지 샘인지에서
우나기 돈부리와 우동을 먹었다
"엄마, 우리 커피 하지 말고 단팥죽 먹자."
단팥죽 하나면 되는데 아이스크림까지 시켰다
녹고 있는 아이스크림을 과감히 버리고 일어섰다
"오늘 과용했다. 모두 얼마니?"
파르르 화를 내는 딸
"오랜만에 얼굴도 보고 이야기도 하자는데
그까짓 값은 왜 물어?"

그 다음 만남에선
"엄마, 오늘은 어디 갈까?"
"신라호텔 가자. 거긴 한 번도 못 가봤다."
"우리 뷔페 먹을까?"

"간단한 것 먹자."
두어 가지 시켜 잘 먹고 호텔 나오면서
"여기 빵 맛있다며? 좀 사 가지고 가자."
배도 고프지 않은데
내 딸 기분 좋게 효도시켜 준 그날

지나가는 비

수상하던 구름
빗방울 약간 뿌리며 지나갔다
길바닥엔 물방울 무늬
잔디밭엔 눈처럼 흩어진 매화
바위틈 수선화
무슨 일 있었나
눈을 빠끔히 뜬다

서윤*에게

네 외삼촌 이야기란다
초등학교 일학년 때 소풍 갔다
노오란 반지 하나를
네 외할머니께 선물로 사다 드렸어
귀하고 착한 반지였지
네 할머니는 매일 닦아서 반짝반짝 빛이 났었지
어느 날 집에 꼬마 도둑이 와서
라디오와 잔돈 얼마 가져가면서 착한 반지도 가져가 버
렸어
서윤아
그때 그 아이
착한 반지 덕에 지금은 착한 아저씨 되어
살고 있겠지?

* 태어난 지 두 달 된 외증손녀.

91

성북동 박 선생

동향 출신 남편 친구들
그 중 일행과 약간 어울리지 않는 한 분
시골 서당 출신 같은 성북동 박 선생

성북동에서 한번 우리 내외를 초대했다
박 선생 자녀들이 아버지에 대한
효성이 지극하다는 남편의 설명
그날 받은 정성 어린 대접과 진수성찬
자기 부모 자기들이 섬기는데
남이 따라 존경하게 된다는 것
나도 그날부터 박 선생을 존경하게 되었다

어느 봄날

시커먼 큰 나비가 제 등에 타라고 한다
꽃과 새들 고개 저으며 가지 마라
이제 날갯짓 시작하는 작은 저 흰나비와
조금 더 놀다 가겠다며 거절했다
귓전에서 바람도 잘했다고 한다

미안해요 여보

등나무

예순 살쯤 된 것 같다
우리 집 등나무
밑동이 언제부턴가 썩기 시작했고
서서히 죽어갔다
껍질만 남아 구멍이 숭숭한 밑동 쪽에
어린 새순 하나 피어올랐다
새끼가 꽃을 피우기 시작하고 이제
울타리를 가득 채웠다
집 앞을 그저 지나가는 사람이 없다
곱다고 탄성을 지르며 사진도 찍고
골목이 웅성거렸다

네 새끼가 저렇게 잘 자라
여러 사람의 칭송을 받고 있으니
이제 너는 가도 되겠구나
긴 세월 수고하고 고마웠단다

팔순의 어버이날

일 년 365일
5월 8일 어머니날 하루를 뺀
364일 모두가 아버지날이었지
언제부턴가 어머니날이
어버이날이 되었고
이제는 손자 손녀 어버이날 행사에
슬쩍 끼어 있는 나

옛이야기

해방된 지 얼마 되지 않아 모든 것이 혼란스러운 때
대구에서 일요일 새벽차로 청도역 내려
걸어서 이십 리 길 집으로 가는데
경찰차가 지나가다 여학생인 나를 보더니
따라오라고 한다
아무리 항의를 해도 차에 태워졌다
시골 마을 마을을 돌며 자기네들 일이 끝날 때까지
나를 데리고 다녔다
해가 뉘엿뉘엿 질 때쯤 경찰서로 돌아와서
취조라는 것을 받았다
내가 여름방학 때 어떤 청년 단체와 무슨 일을 했다고
한다
나이 젊은 형사가 "민주주의가 무어냐?"고 묻는다
화가 나 이성을 잃다시피 한 나는
"당신의 민주주의는 뭐냐? 죄 없는 사람 끌고 와 죄 만
드는 게 민주경찰이냐!
어디 할 일이 없어 젊은 사람이 이런 직업을 가졌느
냐?"고 퍼부었다

유치장에 있던 청년과의 대면에서 내 무혐의가 확인되자

젊은 형사는 당황하기 시작했다

그날 밤 서장실에서 자고 공안 주임이란 사람이 사과를 했다

일 년 후 어느 날 대구역 광장

이목구비가 깨끗하고 날씬한 청년이 다가와

"박 선생, 나를 모르시겠습니까? 청도경찰서에 있던 아무개인데

박 선생 말 듣고 사표 내고 지금 대학에 다니고 있습니다."

주변머리 없는 나

고개만 까딱하고 부끄러워 달아났었다

먼저 가는 계주에게

"지겨워 어서 갔으면 좋겠다."
알아듣지 못하는 우리에게
며느님이 통역해 주었던 그 말이
마지막일 줄이야
햇살 따뜻한 시집 한 권씩 보내주고 떠난
시인 한계주는 내 친구 내 스승
너의 글을 통해
대리만족하고 살 수 있어서 행복했던 세월
첫 시집 『여든이 되어 보렴』 가운데 「일상사」에서
"묵은 젓갈처럼 곰삭은 친구가 칼국수 해 준다고 오
란다."
나를 말하던 친구야

아버지 가셨을 때 한 번 죽고
엄마 갔을 때 두 번 죽고
남편 갔을 때 따라 죽고
친구 갈 때 같이 간다

먼저 가는 친구야
숙향이 만나거든 안부 전하렴

비닐하우스

주목 가지를 치다보았다
나무 깊숙이 새집
그냥 두려다 불안정해 보여
끄집어 내었다
깜짝 놀랐다
비닐봉지 한 장을 곱게 찢어
소쿠리처럼 만든 것
비닐하우스

벌집

장독대 옆 회양목에 쪼끄만 벌집 하나 매달려 있다
옛날엔 추녀 밑에 풍선같이 큰 것이 매달리기도 했다
벌집 자체가 예술품이다
뒤곁 추녀 끝의 벌집은 약을 뿌려
죽은 것을 세어 보니 팔십 마리가 넘었다
집벌도 많아 자주 쏘이기도 했다
이제 큰 벌집은 볼 수가 없다
그저께는 장미 잎사귀 뒤에
손톱만 한 벌집을 보고 놀라
엉겁결에 가위로 잘라버렸다
어미 벌은 달아나고 유충 몇 마리
집째로 초롱꽃 덤불 속에 떨어졌다
마음이 편치 않았다
오늘은 회양목 가지로
남은 벌집 하나 살며시 가려 주었다

살아보아야 아는 인생

유자효

오늘 나는 박순희 선생이 중환자실에서 일반 병실로 옮기셨다는 말을 듣고 이 글을 쓴다. 어머니의 당부에 두 주일이나 나를 기다려 전한다는 시집 원고를 따님으로부터 전해 받았다. 집으로 갖고 와서 두 번을 거푸 읽고 나는 가급적 빨리 이 글을 써야겠다고 생각했다. 박 선생과 나는 나이 적은 스승과 나이 많은 제자의 관계를 넘어 함께 시를 공부하는 도반이다. 도반의 우정과 의리가 나를 책상으로 이끌었다.

2013년 봄. 내가 일주일에 한 번 시 창작 강의를 하는 중구 문화원에 박순희 선생께서 오셨다. 그때 시창작반에는 83세의 한계주 선생과 백태희 선생이 계셨는데, 두

분의 경북여고 동창이라고 했다. 나와의 인연이 가장 오 랜 한 선생의 말씀으로는 박 선생이 반 년 전에 남편과 사 별하고 집에만 박혀 있어서 데리고 나왔다는 것이다. 그 래서 중구문화원 시창작반에는 경북여고 동기생이 세 명 이 되었다. 경북여고라고 하면 당대의 명문이다. 명문 출 신이어서일까. 박 선생은 시에 대한 몰입도도 대단했지만 성취도 빨랐다.

내가 받은 이 시집의 원고는 아주 특별했다. 여든세 살 에 시 공부를 시작해 2년 동안 쓴 시들이 날짜순으로 담 겨 있었다. 각 시편들에는 시를 쓴 날짜가 밝혀져 있었는 데 맨 첫 작품이 2013년 5월 3일로 돼 있고, 가장 마지막 작품이 2015년 6월에 쓴 것으로 돼 있다. 일주일 간격이 많은데 그것은 시 창작 수업이 주 1회이기 때문일 것이다. 합평을 통과한 작품들이란 이야기이다. 따라서 이 시집 에서는 2년이란 한정된 시간 속, 박순희 선생의 삶과 사고 의 세계를 만날 수 있다.

박순희 선생의 "젊은 날" "꿈"은 "현모양처"(「꿈」)였다고 한다. "심장 수술 후 십여 년을 한결같이" "등을 두들겨 주던"(「통증」), "돌아누우면" "이불 덮어 주던"(「자나?」) 좋은 남편을 만나 "육십여 년"을 "삼남매 키우면서" "여한 없이" (「1주기」) 살아 이제는 "엄마의 엄마의 엄마"(「증손녀에게」)까지 되었으니 꿈을 이루셨다고 하겠다.

현모양처가 꿈이었던 박순희 선생의 가장 중요한 공간 중의 하나는 바로 집 '마당'이었을 터이다. 따라서 시집의 표제 '마당에서'는 설득력을 갖는다.

지난봄, 박 선생의 초청으로 시창작반 수강생들과 함께 수유리 댁을 찾았다. 마당에 의자가 놓여 있었다. 남편이 생전에 앉았던 의자라고 했다. 혹시 찾아오면 앉으시라고 생전에 있던 자리에 그대로 두고 있다고 했다.

등꽃이 지고 난 울타리엔 찔레꽃
봄꽃이 머물다 간 마당엔 장미꽃
초롱꽃엔 통통한 벌
달맞이꽃엔 날씬한 벌
흰나비 얼룩나비도 바쁘다
잔디밭에 잡초도 꽃을 피우는데
나는 할 일이 없다

어디서 날아왔는지 길섶에 자리하고 있는
애기똥풀 양귀비꽃
불청객이지만 아름답다
이 고운 마당
저기 비어 있는 의자에

떠나신 당신을 앉혀 본다
여전히 웃고 계시는 당신

—「마당에서 1」 전문

여보
가우디가 설계한 건축물에
가우디 얼굴이 있듯이
이 마당도 설계한 당신 얼굴이 있어

—「마당에서 2」 부분

"손자"가 "시골"(「마을버스」)이라고 부르는 수유리 집 마당은 남편과의 오랜 추억이 서린 곳이다. 삼남매 키워 출가시키고, "며느리 직장 수발 5년 외손녀 수발 8년"(「뒤집힌 양말」)을 한 집은 박 선생 생애의 가장 귀한 기억들이 서린 곳이다. 대부분 아파트 생활을 하는 우리들은 이 시편들을 통해 마당의 가치를 새삼 깨닫게 되었다.

박 선생의 초청으로 댁을 방문했던 날, 우리들은 댁 바로 앞의 식당에서 육개장을 대접받았다. 시 「부모의 마음」에 나오는 그 식당이다.

막내딸이 이사를 하며
소용이 없다며 에어컨을 보내 왔다

설치해 주러 온 기사

"할머니, 어떻게 해드릴까요?"

"내 부모 일이라 생각하고 알아서 잘해 주세요."

두어 시간 넘게 걸려 깔끔하게 끝냈다

전기세 아까워 별로 사용할 것 같지는 않다

"기사 양반, 우리 앞집 식당 음식이 맛있는데 저녁 먹고 가요."

"너무 늦어 마음만 고맙게 받고 가겠습니다."

"아무래도 저녁은 먹어야 할 테니 먹고 가요."

정말 맛있게 잘 먹었다면서

커피잔 들고 식당에서 나오는

얼굴 불그레한 두 기사

오늘 아들 노릇 해 주었으니

밥을 먹인 나도 즐겁답니다

—「부모의 마음」 전문

우리는 여기에서 노년의 베풂을 본다. 네가 내 자식 노릇 해 주었으니 밥을 먹인 내가 즐거웠다는 그 경지가 높은 베풂의 경지가 아닌가? 중구문화원 시창작반 수강생들에게 육개장을 대접하시던 그날의 박 선생 심경도 그런 것이 아니었을까? 그렇게 생각하니 송구스러웠던 마음이 조금 가신다.

"양말 세 켤레를 이천 원에 사"서 "친구 둘에게 한 켤레씩 나누어 주"(「양말」)면, 주는 나는 친구 하나에게 칠백 원씩 선물했지만 내가 가진 한 켤레가 결국 이천 원이 되어 친구들도 이천 원짜리 양말을 받게 된다는 이 기막힌 선행의 계산법. 참으로 우리는 인생의 선배로부터 우리가 가야 할 길을 보고 배운다.

그런데 박 선생은 남편 사별 후 악몽에 시달리게 된다.

휴— 안도의 한숨을 쉰다
괴로운 꿈에서 깨어난 새벽
모두가 떠나는 교실에서
흰 종이 한 장 들고
절절매던 내 모습
내 인생의 주어진 숙제가
무엇이길래
왜 숙제를 못 한
괴로운 꿈을 꿀까

—「숙제」 전문

왜 이렇게 마음이 초초한지
허허로운 마음 채워줄
무엇이 있을 것 같아

허공에 저어보는 손

—「짝사랑」 부분

못 다 푼 인생의 숙제, 짝사랑의 대상은 무엇이었을까?

친구의 인도로 시 공부를 시작한 박 선생은 비로소 그 대상이 시였음을 알게 된다. 그리고 매주 금요일 시 공부를 하러 나오는 것이 중요한 일과가 된다. 삶의 대 변화를 맞게 되는 것이다.

눈이 내린 후 갑자기 추위가 몰아쳐

우리 마을 경사진 골목

택시를 불러도 오지 않는 공포의 길이 되었다

앞집 새댁의 부축을 받아

겨우 버스 정류장까진 왔다

마을버스에 오르자 기사 양반이 대뜸

"할머니, 오늘 같은 날 집에 계시지

무엇하러 나오셨어요?"

"미안합니다. 죄송합니다."

그리곤 소리 내지 않고 말했다

'이 양반아, 나 이래 봬도

상당히 중요한 모임에 가는 중이라오.'

—「시인의 마을 송년회」 전문

큰눈이 내리고 추위가 몰아쳐 택시도 오지 않는 공포의 경사진 골목을 부축을 받으면서도 나가는 중요한 일이 시를 공부하는 일이 되고, "시인의 마을"이 박 선생에게 소중한 커뮤니티가 된 것이다.

여든세 살에 시작한 시 공부는 치열했다. 그녀는 매주 한 편씩 시를 써서 합평회에 들고 나왔다. 까다로운 선생과 동료들에게 내놓으려면 엄청난 궁글림 끝에 한 편씩 건져내었을 것이다. 그 땀의 결정을 우리는 만나고 있는 것이다. 시와의 동행이 주는 즐거움을 그녀는 우리에게 이렇게 속삭여 준다.

시커먼 큰 나비가 제 등에 타라고 한다
꽃과 새들 고개 저으며 가지 마라
이제 날갯짓 시작하는 작은 저 흰나비와
조금 더 놀다 가겠다며 거절했다
귓전에서 바람도 잘했다고 한다

미안해요 여보

— 「어느 봄날」 전문

남편과의 사별 후 집에 틀어박혀 과거의 추억만 반추하던 그녀는 이제 제 등에 타라는 "시커먼 큰 나비"의 권

유를 사양한다. 남편에겐 미안하지만 조금 더 놀다 가고 싶은 것이다. 여든셋에 만난 시와의 동행. 그것은 그녀에게 새로운 기쁨이 되었다. 창작을 통해 얻는 개안의 기쁨. 그것은 경험해 본 사람만이 아는 것이다. 우리는 여기에서 '시 치유'의 한 예를 본다. 그 치유는 마침내 큰 깨달음과 만나게 된다.

예순 살쯤 된 것 같다
우리 집 등나무
밑동이 언제부턴가 썩기 시작했고
서서히 죽어갔다
껍질만 남아 구멍이 숭숭한 밑동 쪽에
어린 새순 하나 피어올랐다
새끼가 꽃을 피우기 시작하고 이제
울타리를 가득 채웠다
집 앞을 그저 지나가는 사람이 없다
곱다고 탄성을 지르며 사진도 찍고
골목이 웅성거렸다

네 새끼가 저렇게 잘 자라
여러 사람의 칭송을 받고 있으니
이제 너는 가도 되겠구나

110

긴 세월 수고하고 고마웠단다

―「등나무」 전문

우리의 생애는 이 등나무와도 같다. 어린 묘목에서 자라 60여 년 화려한 꽃을 피우던 등나무가 밑동이 썩으면서 서서히 죽어가고 있다. 그런데 "껍질만 남아 구멍이 숭숭한 밑동 쪽에"서 "어린 새순 하나"가 피어오른 것이다. 그 새끼가 꽃을 피우더니 울타리를 가득 채웠다. 지나가는 사람들이 곱다고 탄성을 지르며 사진도 찍는다.

등나무의 생명은 이렇게 이어지고 있다. 그 새끼에 의해 새로운 삶이 시작되고 있다. 그렇게 보면 등나무는 죽은 것이 아니다. 낡은 육신을 버리고 새 옷을 입은 것이다. 인류의 큰 스승은 자연의 이런 순환을 '윤회'라고 가르쳤다. 박 선생은 이런 깨달음을 얻었으니 그 생애가 참으로 복되다.

이제 이 시집의 마지막 작품을 읽으며 부족한 평설을 마무리지으려 한다.

장독대 옆 회양목에 쪼끄만 벌집 하나 매달려 있다
옛날엔 추녀 밑에 풍선같이 큰 것이 매달리기도 했다
벌집 자체가 예술품이다
뒤꼍 추녀 끝의 벌집은 약을 뿌려

죽은 것을 세어 보니 팔십 마리가 넘었다
집벌도 많아 자주 쏘이기도 했다
이제 큰 벌집은 볼 수가 없다
그저께는 장미 잎사귀 뒤에
손톱만 한 벌집을 보고 놀라
엉겁결에 가위로 잘라버렸다
어미 벌은 달아나고 유충 몇 마리
집째로 초롱꽃 덤불 속에 떨어졌다
마음이 편치 않았다
오늘은 회양목 가지로
남은 벌집 하나 살며시 가려 주었다

― 「벌집」 전문

집안에 집을 지은 벌들을 예전엔 약을 뿌려 죽이기도
했었지만 이제는 벌집을 보고 놀라 가위로 잘라버린 것
도 후회한다. "회양목 가지로/남은 벌집 하나를 살며시
가려" 주는 아름다운 노인의 모습. 이 따스한 마음과 성
취를 우리에게 보여주신 선생께 감사한다.

살아보아야만 아는 것이 참으로 많다. 그래서 인생은
살아볼 만하지 않은가?

유자효 | 시인

닫는말

동생이 전화를 해 왔다.
"언니, 건강은? 아니지, 요새는 유병장수라고 한다지."

나는 지금 대구 큰딸네 집에 잡혀 와 있는데
서울에서 막내는 "언니, 엄마 삼시 세 끼 부탁해" 하고
마치 내가 몇 년을 굶다 온 것처럼
먹는 데만 신경들 써주고 있다.

열두 시쯤 잠자리 들었는데
왼쪽 가슴 심장 쪽에 부정맥이 시작되고 있다.
지금 두 시 반.
새벽이면 심장이 아파 밤이 두려워지기까지 한다.

죽음.
별로 생각해 보지 않았다.
그런데 요사이 내 주변에 죽음이 많다.
일 세기 가까이 살다 가는 이 세상과의
이별은 엄숙하게 했음 좋겠다는 희망이 욕심일까.

박순희 시집

마당에서

초판 1쇄 발행 2015년 9월 16일

지은이 박순희

펴낸이 오은지
책임편집 변홍철
펴낸곳 도서출판 한티재 등록 2010년 4월 12일 제2010-000010호
주소 42087 대구시 수성구 달구벌대로 492길 15
전화 053-743-8368 팩스 053-743-8367
전자우편 hantibooks@gmail.com 블로그 www.hantibooks.com

ⓒ 박순희 2015
ISBN 978-89-97090-51-8 03810

이 도서의 국립중앙도서관 출판예정도서목록(CIP)은 서지정보유통지원시스템 홈페이지
(http://seoji.nl.go.kr)와 국가자료공동목록시스템(http://www.nl.go.kr/kolisnet)에서
이용하실 수 있습니다. (CIP제어번호: CIP2015023200)